KB153588

너를 한땀한땀

조선아

들어가며, 1

"생각이 끊임없이 이어지면서 스스로를 괴롭힐 때 할만한 것.
그런거 찾아본 적 있으세요?
저는 그게 산책이거든요. 걸으면서 경치도 보고 바람도 맞고,
스쳐가는 사람들도 느껴보고요."

"저는 재봉틀이요. 그런데 그렇게 낭만적인 이유는 아니라서
조금 부끄럽네요."

2024.03.08
제주 서귀포에 위치한 작은 책방 주인과의 대화 중에서

너를 한땀한땀

Dear Mistakes,

들어가며 , 2

궁금했습니다 .

나다움을 잃은 상태에서는 어떤 것을 하고 , 하지 않음으로 나를 되찾을 수 있을지 .

아무것도 확신할 수 없는 상태에서 , 내가 나라는 확신을 가지려면 어느 정도의 시간이 필요한지 .

어느 정도의 시간이 지나야 , 남 이야기하듯이 할 수 있을지 .

주변을 무엇으로 채워야 내가 나일 수 있을지 .

목차

4장 **맨투맨**

5장 **숙제**

1장

INTRO

고요할 때만 찾아드는 의문

분홍색 시골

밤새도록 추웠는지, 평소보다 요란하면서도 곧 끊어질 것 같은 소리가 나면서 시동이 걸린다. 다행이다.

산 중턱에 자리한 집이라 이런 날은 배터리가 방전되면, 보험도 별다른 위안이 되지 못한다.

차가 어느 정도 달궈지길 기다리면서 노곤하게, 운전석 창문 위 하늘로 눈이 쏟아지는 모양새를 바라보다가 천천히 악셀을 밟는다. 자글자글한 소리와 함께 검은 바퀴 자국이 길게 생겼다가 금세 눈에 덮여 사라진다.

눈 내리는 시골길을 운전할 때에는 어쩐지 세상과 동떨어진 느낌이 난다. 그럴 때면 여태 보내온 시간도 동떨어져서 저기 저만치, 어딘가로 흘러가 버린다.

별다른 규칙 없이 울퉁불퉁 흩뿌려진 돌멩이들 위를 지나갈 때 대책 없이 흔들거리는 머리와 어깨 사이의, 넓어졌다 좁아졌다 하는 그 공간의 가운데를 물끄러미 느끼며 천천한 진동의 숫자를 세어본다.

눈이 쌓이면, 엉성하게 마른 들풀과 나뭇가지도 제법 풍성한 모양새를 갖춘다.

엉성하게 보내왔던 시간도 무엇이든 적당히 무겁고 성성한 것으로 덮으면 제법 풍성해 보이겠지.

하늘과 공기는 꽤나 하얗고 회색이고 분홍이다. 세모진 공기 조각은 각 끝에 동그란 방울을 달고 나타나 사방에서 솟아오른다. 눈 내리는 날의 주변은 이렇게 약간은 시리고 퍽이나 부드럽다.

속절없이 흔들리는 머리와 어깨 사이를 분홍색 공간 안에 넣으려고 어깨를 으쓱하면서 아직 남아 내려앉은 냉기를 흔들어 털어낸다.

동그란 방울을 단 공기가 가득한, 회색이고 분홍색인,

빛이 사방에서 산란하는, 푸성귀들이 봉긋해지는 그런 날에는 대체로 모든 것이 그냥 그저 그렇게 조용하게 아무것도 아니게 된다.

이렇게 시끄러운 작고 오래된 자동차가 내는 소리도 그저 그렇다. 사방에서 튀겨대는 포근한 속삭임 위에 회색빛을 얹고 그 위에 분홍빛을 올려놓은 날이면 어쩐지 다 같이 숨을 죽인다.

그리고 이렇게 다들 고요하게 온화한 틈을 타 드디어 목소리를 한번 내어볼까 하는 마음이 고개를 치솟기도 한다. 너는, 나를 담고 있을 자격이 있는지 자꾸만 확인을 하고 싶다고.

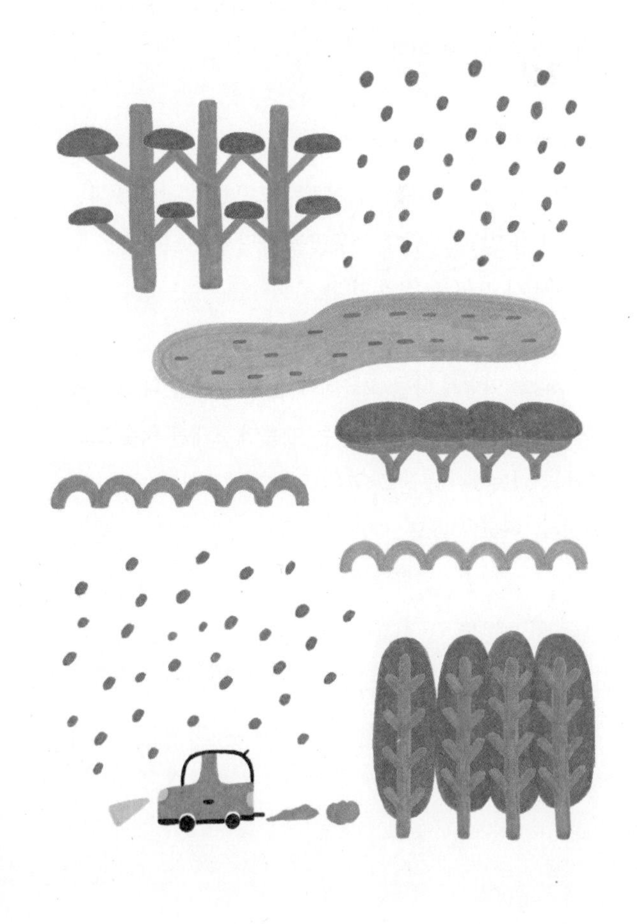

2장

오호츠크 북태평양

자연스러운 가면의 불편한 자아검열

양갱의 정원

구불구불 시골길을 달리고 또 달려서 뒷바퀴에서 튄 흙탕물에 뒷유리가 범벅이 되어 룸미러로는 아무것도 보이지 않게 될 즈음이 되면 그 골목이 나타난다 . 이 골목에서 좌회전을 하고 주욱 올라서 막다른 길에서 우회전을 하면 양갱의 정원이다 .

양갱의 부모님은 재력이 있으시고 양갱의 남편은 재력이 넘치셨다 . 양갱은 그저 우아하고 고상하고 고우면 되었다 .

양갱은 정원의 꽃을 가꾸는 것을 좋아했고 , 벽의 반을 덮는 커다란 그림을 그리는 것을 좋아했다 . 양갱은 정원의 분홍 장미가 벨기에에서 , 빨간 장미가

영국에서 들여온 것이라고 했다 . 반대였던가 , 하나는 노란색이었던가 흰색이었던가 .

양갱은 재유에게 집의 한 구석을 열어주었다 . 양갱이 작업실로 쓰는 공간이다 . 양갱은 아직 완성하지 못한 그림을 몇 가지 펼쳐 보이며 머쓱한 듯 웃었다 .

“나는 완성까지 가는 게 그렇게 잘 안되더라 .”

빈 곳에 색을 칠하면 된다고 했다 . 양갱의 그림은 힘이 구불구불 넘치다가 잡혀서 캔버스에 갇힌 듯 , 그래서 어디서 똬리를 트는 것을 멈추어야 할 지 잊은 듯한 표정으로 계속 굼실대며 움직이는 것 같은 상태로 멈추어 있었다 .

양갱은 손가락으로 화단에 쌓여있는 묘목들을 가리키며 이것들을 마저 심고 , 저기있는 것들은 뽑아서 이쪽으로 옮겨 심어야 해서 세상 정신이 하나도 없다며 너털웃음을 지었다 .

“여태껏 장미 예쁜 줄 잘 모르고 살았는데 , 세상에

이렇게 장미가 예쁘다니 ! 이제야 알았지 뭐니 ."

하며 손바닥을 마주 움켜쥐어 깍지를 끼곤 환하게 웃었다 . 아마 , 그림 그리는 것을 멈추게 된다면 정원을 가꾸는 것에 푹 빠져서 일 것이라고 .

여름 공기는 눅눅하고 끈적하다 . 하늘에선 보슬비와 진한 안개가 섞여 63% 의 공기가 내렸다 . 양갱은 잘 부탁한다며 재유를 화실로 밀어 넣곤 잔뜩 신이 나서 위로 치솟은 어깨를 하고 장화를 신었다 .

"너도 알지 , 이런 날이 흙이 보들보들하게 올라오고 땅도 적당히 젖어있어서 뭐든 옮겨심기 좋은 거 ."

양갱의 목소리는 양갱의 그림처럼 힘이 있고 , 명랑했다 .

양갱은 화단의 흙을 퍼내고 돌을 끄집어내고 쉴 새 없이 움직였다 .
그리고 쉴 새 없이 중얼중얼 누군가를 향해 욕을 했다 .

양갱은 파낸 구덩이에 묘목을 넣고 남은 공간에 흙을 채워 땅을 평평하게 만들고 나서는, 박수를 치며 꽃나무에 대한 찬사를 퍼부었다.

"세상에! 어쩜 이렇게 고울 수가 있지? 너무 예뻐. 미치겠다 정말."

[냐-아]

하는 소리와 함께 길고양이가 양갱의 정원을 지나갔다.

양갱은 바로 낯빛을 바꿔 길고양이를 좇아 발길질하며 허공에 대고 악을 썼다.

"저, 이! 재수 없게 고양이 새끼가 얼쩡거려! 밥맛 떨어지게, 주제에 어딜 들어와!"

양갱은 구덩이를 파면서 중얼중얼 누군가를 저주하고, 묘목을 심고는 콧노래를 불렀다.

양갱은 구덩이를 파느라 삽을 흙에 꽂아 넣으면서 욕을 하고, 묘목을 심고 까르륵 웃었다.

양갱은 잡초를 뽑으며 씩씩거리다가, 흙더미에 발길질하며 쌍욕을 퍼부었다.

잡초가 있던 자리는 허브로 뒤덮였고, 양갱은 휴대폰으로 허브 사진을 찍으면서 기뻐했다.

"아니 세상에, 꽃도 없는 풀에서 이런 향기가 난다는 게 믿어지니? 너무 아름답고 신비롭지 않니?"

뉴스 기사에는 유난히 길고 긴 장마 덕에 길이 침수되어 올림픽대로가 통제되어 극심한 교통체증이 발생했다고 했다. 서울은 길이 막히는 것도 뉴스에 나온다.

산자락에 걸친 습습하고 축축한 공기가 캔버스에도, 물감에도 스며들었다. 재유는 선풍기의 방향을 바꾸어 바람이 그림 쪽으로 가도록 돌려놓았다. 선풍기 바람이 그림을 향하자 바로 재유의 목덜미에 머리카락이 들러붙었다. 재유는 헤어드라이어를 약하게 틀어 덜 마른 물감을 살살 말렸다.

재유는 그렇게 살살 마른 물감 위에 물감을 쌓고, 물감을 말리고, 또 물감을 쌓았다.

양갱은 계속해서 정원에 꽃과 풀과 욕을 쌓았다.

재유의 목덜미에는 차곡차곡 양갱의 너절한 말들이 쌓여갔다.

"너 그거 알아? 남자들은 유학 갔다 온 여자 안 좋아해. 어디서 굴러먹었는지 알 게 뭐야."

"너는 딱 봐도 팔자가 세게 생겼다. 웃을 일이 한 개 생기면 울 일이 열 개가 생기겠어."

"니가 어디서 뭐 어떻게 돼도 누가 알아주기나 한대니?"

"너는 속이 좋은 거니 생각이 없는 거니? 거기서 웃음이 나오니? 잘 생각을 해봐라, 좀."

양갱의 목소리는 재유의 목 뒷덜미를 잡아 이끌었다. 아무도 목소리를 들어주지 않을 것 같은 곳으로. 서울로 가는 길목 길목은 침수로 통제 중이라고 연일 보도가 이어졌다.

언제부터인지 재유는 밤이 되면 양갱의 욕설과 거짓 염려를 덮고 잠을 잤다.

그렇게 며칠이 지난 어느날, 양갱이 재유에게 물었다.

“애, 그 원피스 어디서 샀니?”

다음 날에는 양말을 어디서 샀는지 물었다. 그 다음 날에는 바지는 어디서 샀는지 물었다. 그 다음다음 날에는 머리띠를, 그 다음다음다음 날에는 앞치마를, 그 다음다음다음다음다음날에는 티셔츠는 어디서 샀는지 물었다.

그렇게 며칠 뒤에 양갱이 말했다.

“너 옷 만들어 볼 생각 없니? 잘할 거 같은데. 어차피 전공 살릴 생각 없으면 그거 한번 해보지 그래?”

***

양갱은 내내 혼자서 대상과 목적이 없는 욕을 쉴 새

없이 중얼거리거나 다른 사람의 험담을 늘어놓았다.

꽃을 심고 나무를 심고 땅을 파고 욕을 하고 돌을 옮기고 욕을 하고 길고양이에게 욕을 하고 앞집사람 욕을 하고 동네 사람 욕을 하고 자주 가는 식당 주인의 욕을 했다.

때로는 어느 화가의 욕을 하다가 친정어머니 욕을 하기도 했다. 에이전시도, 은행도, 서울시장도, 동네 이장도, 옷 가게 주인 또한.

양갱의 세상은 욕먹어 마땅한 천박한 것들만 모여서 살고 있었다.

대상은 다양했지만, 양갱의 욕을 듣는 것은 재유만의 몫이었다. 그곳에는 재유와 양갱 단둘뿐이었으므로.

온갖 곳에 눅눅하게 스며든 공기가 재유를 짓눌렀다. 마당의 보슬보슬했던 흙도 질척질척해져갔다. 두 달 내내 잘게 혹은 거세게 내리는 비 때문에 세차할 때를 놓친 재유의 초록색 자동차는 빗물과 먼지가 엉켜 점차 뿌예졌다. 타이어에 엉겨 붙은 진흙은 떨어질 줄 몰랐다 .

양갱의 돌림판은 신기하게 돌아갔다 .

동네 언니에게는 길고양이 욕을 하고 앞집 사람의 욕을 하고 동네 사람 욕을 하고 식당 주인 욕을 했다 .
앞집 사람에게는 옆집 사람을 , 서울시장을 , 식당 주인을 , 동네 언니를 .
식당 주인에게는 서울시장을 , 동네 언니를 , 옷 가게 사장을 , 마을 이장을 .
옆집 사람에게는 서울시장을 , 동네 언니를 , 고양이를 , 옷 가게 주인을 .
고양이에게는 고양이 밖에 .

당연하게도 양갱의 돌림판 한가운데에는 재유가 있었다 . 동네 언니가 , 식당 주인이 , 옷 가게 주인이 물었다 .

“너 술집에서 몸 팔아서 돈 번다고 잠적해 있던 걸 유학 갔다 온거라고 거짓말하고 다닌 거라며 ? 무슨 소리야 그게 ?”

재유는 서울시장이랑 서로 모르는 사이라서 다행이라고 생각했고, 양갱은 재유가 칠해놓은 작업이 마음에 들지 않았던 모양이었다.

단골

적당히 얌전한 음악이 흐르는 작은 식당이다. 도시와 시골 사이의 좁은 틈에 자리 잡은 이 동네에는 구석구석에 조용히 자리한 식당들이 꽤 있다. 식당 주인의 취향으로만 꾸며진 그런 작고 작은 식당들.

동네 사람들은 취향에 맞는 곳을 찾아 삼삼오오 모여들었고, 비슷한 취향의 사람들은 알음알음 자연스레 서로의 얼굴을 익혔다. 식당의 음악은 자연스럽게 단골들의 플레이 리스트로 채워졌다.

식당의 간판에는 분명히 함박스테이크라고 적혀있지만 그런 걸 대수로이 생각하는 사람은 보이지 않았다.

누군가는 와인을 누군가는 커피를 , 누군가는
김치찌개를 먹기도 하는 그런 느슨한 유대감을 각자의
자리에서 유지했다 .

부아아아아앙 , 끽 -, 쾅 !

또 왔다 . 자동차 엔진소리만 들어도 알 수 있다 . 대강
밟아 아무렇게나 주차를 하고 , 자동차 문을 닫는 저
소리 . 커피를 홀짝이며 식당 주인과 비스킷에 곁들일
유기농 과일잼 이야기를 하던 손님은 으흠 하고 목을
한번 가다듬고 다리를 꼬아 등의 방향을 조금 비틀었다 .

철컥 - 하고 문 여는 소리와 함께 양갱이 식당에
들어섰다 . 식당 주인은 친근한 태도로 양갱을 맞이했다 .

"어 , 왔어 ? 요새 자주 오네 !"
"그러니까 . 내가 고민이 있어서 어째야 할지를
모르겠네 ."
"아 , 그거 ?"

식당 주인은 양갱이 마음놓고 하소연을 할 수 있도록 ,

능숙하게 양갱의 말을 질문으로 받았다 . 양갱은 식당 주인에게 말끝을 늘여서 , 아니 그게 있지 - 하며 말문을 열었다 .

"자기가 소개해 줘서 어시로 쓰고는 있는데 , 암만 봐도 걔는 애가 좀 찝찝해 ."

양갱은 술집에서 술과 몸을 판 것 같은 애를 계속 어시스턴트로 쓰려니 찝찝하다고 했다 . 그냥 내쫓았다가 조폭이라도 연관이 되어있으면 무서우니 자연스럽게 쫓아낼 방법이 뭐가 있을지 궁리 중인데 , 상상만으로도 너무 무서워서 밤새 잠을 설쳤다는 말과 함께 .

식당 주인은 그것참 희한한 일이네 하고 말을 아꼈다 . 대꾸를 길게 할 수도 , 안 할 수도 없는 일이다 . 양갱은 신이 나거나 흥분하면 목소리가 커진다 . 그럴 때면 다른 손님들은 하나둘씩 자리를 뜨기 시작하고 , 그 자리는 하루 종일 다른 손님으로 채워지지 않는다 . 그날의 식당은 그렇게 식당 주인과 양갱 둘만의 것이 된다 .

"작업이 마음에 들지 않는다고 하면 되는 것 아니야 ?

별것도 아니구먼. 뭘."

이야기가 깊어지지 않으면서도 적당히 성의 있어 보이는 대답을 하기 위해, 식당 주인은 살짝 망설였다. 이럴 땐 역시 적당히 평범한 대답밖에 없지 하면서. 양갱은 목걸이 끝에 달린 펜던트를 만지작거리면서 말했다.

"나는 정말 인복이 없나 봐. 자기야. 어쩌면 주변에 그런 질 떨어지는 사람들만 득실거리는지. 참. 외롭다 외로워."

커피를 마시며 유기농 과일잼 이야기를 하던 손님은 살짝 돌렸던 등을 완전히 돌려 앉아 주머니를 뒤적였다. 이어폰을 주섬주섬 꺼내 손에 쥐었다. 이윽고 조심스레 일어나 식당 주인에게 다음에 올게, 하고 귀에 이어폰을 꽂고 식당을 나섰다.

식당에 틀어놓은 음악 위에 약간의 까끌함이 함께 흘렀다. 식당 안에 있던 사람 몇몇이 뭔데 하면서 모여들었다.

"그걸 어떻게 알았는데?"

"그런 걸 말로 해야 알아? 느낌이 딱 그렇잖아. 웃을 때 입꼬리가 그런 일 하는 애들이랑 똑같다니까! 술집 애들 그런 거 있잖아, 자기들도 알지?"

동네 사람들은 머리를 갸우뚱하며 그으래 -, 하고는 양갱에게 되물었다.

"술집에서 술도 팔고 웃음도 팔고, 몸도 파는 애들이 그래? 나는 그런 거 잘 몰라. 여자가 그런 애들 볼일이 있나? 자기는 어떻게 그런 걸 알아?"

양갱은 분개했다.

"아니, 재유 걔가 여기를 그렇게 들락거리는 동안 자기들은 그런 걸 하나도 못 느꼈다는 거야? 자기들 남편들은 딴짓하기 아주 편하겠네, 편하겠어."

"…."

잠시 숨을 고른 양갱은 목을 가다듬으며 쇄골 뼈

즈음에 손바닥을 살포시 얹고 말했다.

“내가 진짜 자기들 걱정돼서 그래. 여기가 아무리 시골이래도 그렇게 마음 푹 놓고 살면 안 되지. 나중에 어떻게 하려고 그래. 남편 간수하는 게 쉬운 일이 아니라니까.”

양갱을 둘러싼 손님들은 눈동자를 굴려 서로의 시선을 확인했다. 가슴에서부터 올라오는 답답한 숨을 코끝으로 작고 짧게 뿜었다. 왠지 턱 아래가 따끈해지는 느낌이 들었다.

식당 주인은 오늘 장사는 끝이라는 것을 직감했다. 턱 아래부터 시작해 목덜미까지 뜨끈해진 손님들은 짧은 침묵 이후에 양갱에게 말했다.

“아이고, 고민이 많겠네. 어떻게 잘 해보고, 다음에 봐!”

오늘 장사는 완전히 망했다. 식당 주인은 망할 놈의 비가 계속해서 추적추적 내려서일 거라고, 그래서 사람들이 움직이기 귀찮아져서일 거라 생각하기로 했다.

양갱의 다음 타깃은 내가 아니길 바라면서 .

***

[이유는 선생님께서 더 잘 아시겠지만 , 작업실은 더 이상 나가지 않을게요 . 그동안 감사했습니다 .]

선생님과 선생님의 작품 참 좋아했는데 아쉽다는 말을 덧붙여서 메세지를 보냈다 . 곧바로 재유의 휴대전화가 울렸다 . 재유는 약간 망설이다가 전화를 받았다 .

“네 , 선생님 .”

하고는 핸드폰을 귀에서 떼어 저 멀찍이 들었다 . 양갱의 격양된 목소리와 쌍욕이 수화기 너머에서 들려왔다 .
재유는 핸드폰을 쥔 손의 엄지손가락을 화면 위로 스윽 밀어 통화를 종료했다 . 그러고는 바로 양갱의 연락처와 메신저를 모두 차단했다 .

재유는 양갱이 자신의 이상한 구석을 알지 못하게

하고 싶었다 . 그래서 화를 내지도 않았고 따지지도 , 해명하지도 않았다 . 재유는 양갱이 했던 이야기들을 하나씩 되짚어 보았다 .

사실이라는 것이 존재를 하긴 하는지조차 알 수 없는 이야기들을 하나씩 맞추어 보았다 . 시간이 금세 지나갔다 .

양갱은 누군가를 만나고 , 단점을 발견하고 , 상상하고 , 미워한 후에 욕을 한다 . 그 후에는 사람들에게서 도려내어진다 . 양갱은 멀어져간 사람들을 더욱 미워하고 저주하면서 상상을 부풀린다 .

재유는 그 사이클에 양갱을 가둬두고 싶었다 .

홀로 남아 구덩이나 파면서 쓸쓸하게 늙어 죽기를 바라면서 .

***

양갱은 더욱더 성실하게 함박스테이크 가게에 가서 거칠게 주차를 하고 , 자동차 문을 세게 닫았다 .

식당 앞에 덩그러니 주차된 양갱의 자동차는 [사정상

오늘은 쉽니다] 와 같은 뜻을 가진 일종의 표식이 되었다 .

식당 주인은 양갱과 단둘이 보내는 날들이 많아졌고 , 곧 몸살이 나서 가게 문을 일주일간 닫았다 .

3장

과녁

개인이 짊어지는 사회적 안전망

집합과 명제

시골은 동네가 좁다 . 재유는 양갱의 엄청나게 큰 과녁이었다 . 폭풍 속에서 눈을 감고 화살을 푹푹 날려대도 텐텐텐으로 명중해 화살 꽂이가 되어도 마땅할 , 튀기고 튀기고 튀겨진 그런 과녁 .

신나게 쏘고 다니다 보니 , 양갱이 가는 모든 곳은 점차 한적해지고 사람들이 사라졌다 . 시골은 동네가 좁다 . 화살을 쏘고 다니는 사람은 금세 소문이 난다 .

***

재유는 십 년 전쯤에도 누군가의 커다란 과녁이 되어서 인터넷에서 꽤 유명해진 적이 있었다 . 어느

날인가 인터넷 커뮤니티에 올라오는 시덥잖은 글들 중에, 재유를 주인공으로 한 폭로 글이 조심스레 올라왔다. 반응은 예상보다 뜨거웠다.

재유를 소재로 한 글이 인터넷에서 떠들썩하다는 것을 재유는 모르고 지냈다. 그리고 대학 동기인 K는 재유가 그 사실을 알게 해주었다. 재유는 굳이 가입을 하고, 검색을 해서 자신에 관한 글을 찬찬히 읽어 보았다.

커뮤니티라는 것은 이런 세상이구나. 글 속의 재유는 씹어먹어도 시원찮을 나쁜 년이었다. 나쁜 년의 범주에는 문란한 년도 포함된다. 하루에도 몇백개의 글이 올라오는 커뮤니티에서 시작된 글은 여기저기 퍼져나갔다. 퍼져간 글에 달린 댓글은 항상 만선이었고, 재유는 되지도 않는 해명을 해본 적도 있었다.

작은 조각 몇 가지는 사실이었기 때문에 해명을 하는 순간 더욱 구질구질해지는 느낌이 들었다. 그렇지만 산부인과가 있는 병원 건물로 들어가는 걸 본 적이 있기 때문에, 사생활이 문란할 것이라는 가십이 가득한 글을 가만히 지켜만 보고 있을 수가 없었다.

산부인과가 있는 건물에 들어간 것은 사실이다, 하지만 그 건물에는 이비인후과도 있고 안과도 있고.

아니, 애초에 그게 무슨 상관이지. 의미 없는 해명 글에 댓글이 달렸다는 알림이 울렸다.

재유는 두근거리는 마음으로 댓글을 읽어봤다.

[진짜 이거 완전 미쳤네. 어디서 약을 팔아.]

알파벳 두 개만 ** 표시가 된 아이디가 낯이 익었다. 닉네임은 더더욱. 재유가 첫 자취방을 얻었을 때, 편의점에서 두 개 묶음으로 파는 두루마리 휴지를 들고 왔던 대학 동기가 즐겨 쓰는 아이디였다.

N은 재유의 자취방에서 떡볶이를 해 먹고 맥주를 마시며 놀았다. N과 재유는 약간 취해서 근처 공원에서 바람을 쐬자고 했다가, 이내 조금 더 취해서 공원은 포기하고 편의점에서 맥주를 더 사 먹었다. N이 재유의 자취방에 사 들고 온 휴지도 그 편의점에 있었다.

***

수학에는 영 소질이 없던 재유의 수학 교과서는 항상 첫 단원의 두께만큼만 손때가 가득했다. 집합과 명제. 재유는 항상 교집합과 합집합, 부분집합은 언어영역에서 배워야 한다고 생각했다.

수리영역에 집합과 명제를 할당할 수 밖에 없는 모종의 이유가 있을 것이다. 뭐가 되었든간에 그게 꼭 그렇지만도 않을 수 있다고, 이것만큼은 잊지 말라고 첫 단원에 넣어준 것일 것이다.

포기하는 학생들이 많다는 수리영역이래도 첫 단원은 공부하겠지, 재유처럼.

[a' 는 a 의 부분집합이고, a 는 A 의 부분집합이다. B 는 A 와 교집합이다. 집합의 모양을 그리시오.]

N 의 아이디를 클릭해서 N 이 써왔던 글과 댓글을 읽어보았다. 재유의 마음들이 마음들끼리 툭 끊어졌다.

마음 어딘가에 꼭꼭 싸놓은 진짜 마음이 쪼개졌다.
재유의 마음 안에는 마음이, 그 마음 안에는, 그 마음
안에도, 마음은 전부 마음만을 담고 있었다.

공교롭게도 며칠 후에 유명한 배우가 인터넷에 떠도는
악플과 루머들로 마음고생을 하다가 스스로 삶을
마감했다는 뉴스가 나왔다. 재유는 곧 해명하는 것을
관두었다. 그러자 재유에 관한 이야기는 쏟아지는 다른
화젯거리에 떠밀려 조용하게 묻혔다. 두 달이 채 지나지
않아 인터넷에서 재유에 관한 이야기는 새로 올라오지
않았다.

재유는 그렇게 침묵으로 세상에서 잊히는 방법을
배웠다. 재유는 그 이후로 재유에게 재유의 뒷담화를
전달해 주는 사람과도 연을 끊었다.
K. K 덕분에, 한달이면 사라졌을, 재유는 결코
몰랐을, 움츠러드는 방법부터 익힌 것이 억울해서.

***

양갱이 재유가 술집 출신이라고 말하고 다닌다는 것을

재유에게 알려준 동네 언니 , 식당 주인 , 옷 가게 사장을 비롯해 , 응당 양갱 또한 만나지 않고 있으려니 재유는 집 밖을 나갈 일이 없었다 . 할 일도 , 만날 사람도 없어진 재유는 집에 가만히 누워서 창밖으로 하늘을 봤다 .

흐리고 구불구불한 구름이 가득했고 유난히 오랜 기간 동안 이어지는 장마 덕에 제습기에는 금세 물이 가득 찼다 .

띠링띠링 .

물을 비우라고 재유에게 두어 번 일렀지만 무시하자 제습기도 곧 포기하고 작동을 멈췄다 . 재유는 우연히 찾아온 지금 누워있는 자세가 너무 완벽하게 편해서 , 자세를 한 톨도 옮겨 움직이고 싶지 않았다 . 습기와 더위가 슬금슬금 몰려와 재유를 감쌌다 .

여기서 에어컨과 제습기를 동시에 틀면 결국 이기는 쪽은 한국전력이 되겠지 . 한국전력은 재유의 동생이 다니는 회사이기도 하니까 동생에게 용돈을 좀 줘야겠다 . 재유는 서서히 몸을 일으켰다 . 몸을 일으켜 에어컨을 켜려는 순간 먹먹한 화가 치밀어 오르기 시작했다. 어째서 근처에는 에어컨 리모트 컨트롤이 없어서 이 자세를 포기하고 일어나야만 하는가.

필요한 것들이 손 뻗으면 닿을 자리에 존재하지 않는다는 것에는 이골이 났다. 재유가 원했던 것들이 재유의 곁에 잠시라도 머무르는 일이 몇 번이나 있었는지 곰곰이 되짚어봤다. 재유의 이마에 혈관이 섰다.

재유가 원했던 것들은 대체로 명사의 범위에 속해있지 않았다. 귓속에 물이 들어간 채로 소리지 르는 순간과 비슷한, 그런 가로막힌 화가 재유의 문을 마구 두드렸다.

재유는 지난 번에 배운 그대로 하기로 했다. 가만히 있으므로 잊히길. 남들은 금세 재유를 잊을 것이다.

재유가 언제 잊을지는 재유에게 중요하지 않았다. 어차피 예전에 다 깨져서 다 섞였잖아.

재유는 문 두드리는 소리를 언제까지 무시할 수 있을지 확신할 수가 없었다. 저 소리는 제습기처럼 금방 포기해 버릴 것 같지 않았다 .

***

화가 나긴 했지만 , 화가 나는 것과 화를 내는 것 사이에는 생각보다 많은 선택지가 있었다 . 술을 진탕 마시면서 잠시 잊을 수도 있고 , 노래방에서 고래고래 악을 쓰는 노래를 부를 수도 있었다 . 이건 저번에도 해본 적이 있다 . 술이 깬 뒤에 찾아오는 명료한 세상과 또렷한 정신이 불쾌했다 .

누구에게 하소연하는 방법도 있었지만 재유는 하소연할 사람이 없었다 . 그러려고 혼자 훌훌 시골에 들어와서 사는 거였으니까 .

“한두번은 그럴 수 있는데 , 자꾸 힘든 얘기하면 사람들이 너 병신이라고 그래 .”

예전에 K 가 알려줬다 .

아 , 그러면 안 되지 . 재유는 자꾸 하소연이 하고 싶어져서 하소연을 들어줄 사람을 없앴다 .

울 수도 있었다. 기도를 할 수도 있었다. 보다 적극적으로 행동할 수 있는 방법도 있었다.

죽어버린다거나 죽어버린다든지 죽은 채로 발견될 수도 있고.

언제가 낮이고 언제가 밤인지, 이 눅눅함이 사라지긴 하는지. 정말 가을이라는 게, 내년이라는 게 오는 것이 확실하긴 한 건지. 올림픽대로를 역주행하다가 시민들의 신고를 받고 출동한 경찰에게 붙잡힌 30대 여성이 조사를 받고 있습니다. 에서 30대 여성으로 소개되면 어쩌지 같은 걱정을 밥 대신 먹으면서 종아리 가죽이 깃발처럼 펄럭이게 되었을 때, 재유는 미뤄왔던 선택을 했다.

병원을 가야겠다. 남에게 신체 혹은 재산상의 손해를 입히고 싶은 기분이 들었고, 남이 아니었을지도 모르지만 어쨌든 그것은 불법이었으므로.

***

재유와 자리를 바꾸어 앉아도 괜찮아 보이는 의사는 재유의 말을 받아 적고 몇 가지 간단한 질문을 했다 .

“이런 기분을 느낀 게 언제부터였나요 ?”

웬 아이 워즈 영 , 어라운드 식스... 라는 말이 재유의 머릿속을 맴돌았지만 그렇게 대답하면 안 된다는 것을 안다 .

육하원칙 .

이것 또한 재유 워즈 영일 때 부터 진절머리 나게 들은 단어인데 , 재유는 그 여섯 가지 대답하기가 그렇게나 힘들었다 . 재유는 멋쩍은 웃음을 지었다 .

어째서인지 멋쩍은 웃음을 만드는 얼굴 근육의 품새가 덜 그린 그림을 펼쳐 보이던 양갱의 그것을 닮은 느낌이 들었다 . 깨진 논리는 이렇게나 갖다 붙이기가 힘겹다 .

병원에서 받아온 약들은 이름이 꽤 멋있었다 .

맨날 속앤싹 , 모게는 , 페인스탑 같은 약을 먹다가 이팩사엑스알 , 렉사프로 , 자나팜 같은 약 이름을 보니 왠지 그럴싸하게 적당히 심각한 중인가 싶어 재유는 내심 마음이 놓였다 .

재유는 졸도해서 쓰러질 지경이 되기 직전까지는 아프다는 말을 내뱉는 편이 아니었다 . 내뱉는 말을 들어줄 사람도 없애버렸지만 .

어쨌거나 이제야 안심한 마음이 들었다 . 혹시라도 누군가 근황을 묻는다면 요새 상태가 그다지 좋지 않음을 말을 할 수 있을 , 당당한 자격을 갖춘 듯한 뿌듯함도 몰려왔다 .

약의 기전 , 효과 부작용을 찾아보는 일은 훨씬 더 재미있었다 . 종류가 많고 이름이 멋지기 때문에 꽤 오랫동안 찾아봤다 .

세상에는 이런 증상을 겪는 사람도 있구나 . 세상에 어쩌다가 이렇게 되었을까... . 쯧쯧 .

난 그래도 이렇게까지 이러지는 않는데...아이고 , 근데 이건 좀 재미있을지도 . 이런 것들에 골고루 발을 걸치고 있다니 나 새끼 완연한 현대인이고 , 적당히 상처받은

성인의 자격을 갖추었군 하며 처방받은 약을 한 포 뜯어 손바닥으로 옮겨 담았다. 알록달록했다. 한 줌을 입안에 털어 넣었다.

입안에 가득한 물과 약을 오물거리면서 재유는 생각했다. 결혼을 해야겠다고. 고개를 젖혀 약을 삼켰다.

혹시 시간 되십니까

결혼을 해야겠다고 생각하고 뭐야 이거 왜 이래 미쳤나 봐 했을 때, 재유는 이미 신혼여행 중이었다. 축제를 위해서 갈대를 모두 밀어버려 볼품 없어진 새별오름을 씩씩거리면서 올랐다.

오름이 아무리 오르기 쉽다고 해도, 오름에 오르려면 오르막길을 올라가야 한다. 재유의 허벅지는 아직 오르막을 견딜 만큼의 살이 차오르지 않았다. 새별오름 정상에서 재유와 재유의 남편은 거센 비바람을 맞았다.

이 상황은 아무리 생각해도 이상하다. 이상해서, 할 수 있는 게 웃는 것밖에 없었다.

***

"나 결혼을 해야겠어."

"누구랑?"

"글쎄…… …. 그냥 필요해졌어. 근데 알아서 할 거니까 너무 신경 쓰지 마."

재유와 통화를 마친 영숙은 기가 막혔다. 재유 얘는 대체 이제 와서 무슨 소리를 하는 거야.
영숙이 심사숙고해서 마련한 소개팅이자 선 자리를 거들떠보지도 않던 재유였다.

세상이 아무리 변했다고 해도, 여자 혼자 사는 게 녹록지가 않아. 너는 몸도 약하잖아. 사람은 혼자서는 살 수 없어, 재유야. 어르고 타이르고 부탁을 해봐도 재유는 요지부동이었다.

영숙의 말에 딱히 되받아치며 반박하지도 않았다. 그저 재유의 눈에는 영숙의 결혼 생활이 좋아 보이지 않았다고 했다.

영숙은 재유가 결혼 생활이라는 것을 가까이에서 관찰할 수 있는 유일한 샘플이었다.

영숙과 영숙의 남편은 각자 좋은 사람들이었고, 둘은 한집에 같이 살기 위해 각자의 좋은 면을 잘라서 접어 넣었다. 영숙은 재유가 결혼을 거부함으로 평생의 성적표를 받은 셈이라고 여겼다. 할 수 없지. 이미 지나간 시간을 어찌할 수도 없고, 다시 돌릴 수 있다고 해도 다르게 할 수 있을 것 같지 않았다.

재유는 성과와 성적은 엄연히 다른 개념이니까, 너무 마음 쓰지는 말라는 이상한 위로를 덧붙여서 어떻게 봐도 점수가 높을 리가 없는, 그런 성적표를 영숙에게 들이밀었다.

'평균을 올려야겠다.'

영숙은 있는 힘껏 생각했다. 오랜만에 남편과 대화를 했다.

영숙의 남편은 영숙을 똑 닮아 어릴 때 부터 똑 부러진 재유가 언젠간 똑 부러져버릴 거라 생각했는데 역시 똑하니 부러져버렸구나 했다.

영숙은 선이나 소개팅 같은 것으로 만들어진 결혼생활로는 성적표의 평균을 올리기에 적합하지 않다고 생각했다 . 아무리 재유가 마음을 고쳐 먹었다 해도 , 재는 아무튼 조금 이상하다 . 더구나 영숙의 눈에 좋아 보이는 혼처는 시간과 함께 이미 모두 날아가 버렸다 .

그건 그렇고 재유 , 재는 무슨 일을 혼자 끌어안고 있는 중인지 가늠 할 수가 없었다 . 영숙의 심장이 발끝에서 파닥거렸다 . 이번에는 또 몇 년이 걸리는 일이길래 .

***

"나 회사 관둘래 ."

영숙은 이해를 할 수가 없었다 . 다니기 시작한 지 얼마 되지 않았고 , 그런대로 번듯한 직장이었다 . 어렵게 들어갔다는 것만 알고 있었다 . 주변에 은근하게 자랑한 지 얼마 되지 않은 참이었다 . 난처했다 .

재유는 회사에 N 이 있어서 못 다니겠다고 했다 . N 이

누군데?

“아, 걔는 인터넷에 올라온 내 이야기에 욕을 달았던 애야. 자취방에도 몇 번 놀러 왔었어.”

재유는 아무튼 그래서 자기를 아는 사람이 아무도 없는 곳으로 떠나고 싶다고 했다. 가능하다면 돌아오지 않을 것이고, 어디를 가더라도 지인이야 생기긴 하겠지만, 친구라는 존재는 만들지 않을 예정이라고 했다. 영숙은 재유가 하는 말에서 처음부터 끝까지 한 문장조차 이해하고 싶지 않았다.

문장과 문장 사이의 간극의 틈이 가진 무게가 선명했다. 영숙의 시선이 닿지 않았던 곳에서, 재유가 감춘 것은 무엇인지 알 수 없었다.

영숙이 할 수 있는 것은 질문 밖에 없었고, 질문 이후에는 자신의 눈물이 며칠간 계속되리라는 것을 어렵지 않게 예상 할 수 있었다. 선택의 폭이 매우 좁았다. 아무 것도 선택하지 않거나, 둘 다 한 번에 선택하던가.

"인터넷에 ? 너 이야기가 ? 언제 ? 누가 ? 왜 ? 그래서 어떻게 했는데 ?"

"삼 년 정도 지났나 ? 대학 동기가 . N 이랑 친해 . 이유는 아직도 잘 몰라 . 그래서 그냥 내버려뒀어 ."

육하원칙이다 .
영숙은 둘 다 선택했고 , 둘 다 한번에 이루어졌다 .

***

"재유랑 그래도 조금 오래 알고 지내는 애 중에 , 남자애 하나 있다고 하지 않았어 ? 얼핏 듣기에 괜찮던데 ."

영숙은 깜짝 놀랐다 . 남편이 그런 걸 기억하고 있었단 말인가 . 그렇다면 어째서 내 친구는 한 명도 모르는지 , 기가 막혔다 . 평생을 같이 살기에 이런 남자는 안된다 . 이런 아빠는 괜찮다 .
내심 속상해진 영숙은 글쎄 , 그런 애가 있다고는

했었는데 어떨는지 모르겠네 . 하고 말을 흐렸다 .

영숙의 남편은 영숙의 말이 끝나기 무섭게 바로 재유에게 전화를 걸었고 , 잠시 후 재유는 조금 오래 알고 지내는 남자애 하나에게 메시지를 보냈다 .

[너 혹시 요새 엄청 바쁜 거 아니면 , 나랑 결혼할래 ?]

정리정돈

재유는 종종 물건들 위에 기억과 대화, 감정을 합쳐서 인식했다. 서랍 안에 돌돌 말려 굴러다니는 이 팔찌는 몇 년 전 아빠가 불국사에서 가족여행 기념으로 사준 것이다. 이때의 아빠는 내리막길은 쉬우니까, 금방 내려가면 된다고 했었다. 아빠의 가장 최근 불국사 관광은 엄마랑 갔던 신혼여행이라고 했다.

아빠는 재유의 머리칼을 흩트르며 너털웃음을 지었다. 그때는 이런 애가 나올 줄 몰랐지 하며.

팔찌를 담아 놓았던 뜨개 주머니는 시급도 채 되지 않는 강의를 하고 받았다. 강의를 연결해 준 카페 사장님이 재유가 돈도 되지 않는 강의에 응해준 것이

고맙다며 강의 시간 내내 구석에서 코바늘로 떠서 만들어 준 것이다. 카페 사장님은 왼손 두 번째 손가락 두 번째 마디를 굽혀 돋보기안경을 치켜올릴 때마다 코를 살짝 훌쩍였다.

재유의 서랍에는 그렇게 기억과 물건이 뒤섞여 있었다. 사람보다는 물건에 감정을 섞어 담는 편이 안전했다.

재유는 가끔 그렇게 차곡차곡 서랍에 채워 넣은 감정과 관계들을, 그 안에 엉겨 붙은 인물들을, 서랍 안에 차곡차곡 쌓아놓고 테이프로 둘둘 감아 서랍장 통째로 내다 버렸다. 50 리터 쓰레기봉투와 폐기물 스티커를 붙여서 내놓으면 이틀 안에 사라지고는 했다.

내다 버렸지만, 유기한 것 같은 기분이 더 많이 들었다. 재유는 일주일 정도 죄책감에 시달리다가 위경련이 나곤 했다. 그러면 과정과 절차를 다 밟은 것이다.

재유는 가끔 그런 식으로 혼자 관계를, 사람을, 기억을 정리했다. 하나씩 골라내려면 그들과 모두 눈을 마주쳐야 했으니까.

***

하릴없이 걷고 또 걷던 해변에서는 머리카락이 우스스스스 뽑혀 날아가는 것과 몸이 통째로 날아가는 것 둘 중에 어떤 게 더 빠를지 궁금한 바람이 불었다.

재유와 엊그제 결혼식을 올리고 신혼여행을 제주도로 온 이 남자는 모래사장에 자기 이름을 썼다. 서해원. 재유는 남편의 글씨가 구리다고 하면서 웃었다.

글씨 모양이 웃기게 생겼고, 애초에 재유는 이 여행에 신혼이라는 단어가 씌워져있다는 것도 웃겼다.

재유는 정신이 날아가 버릴 것 같은 강풍에 실제로 정신이 바람에 날려서 날아가 버렸으면 했다. 갓 남편이 된 이 남자가 재유의 옆에 있다는 것이 이상했다.

재유는 재유 안에 남아 있는 공간이 너무 작고 좁은 탓이라고 생각했다. 공간이 필요했다.

남편은 새로운 것이었고, 빈자리가 생겨야 새로운 것을 넣을 수 있다.

재유의 목 뒷덜미에 붙은 양갱의 목소리가 끈덕지게 속삭였다.

'헛수고 해봤자 다 소용없어. 내가 다 얘기해줬잖아. 얘는 사람 말을 안 듣네. 그러니까 니가 계속 그 모양인 거야.'

양갱은 서랍에서 나갈 생각이 없는 모양이었다.

정신이 날아가 버릴 것 같은 바닷가에서 재유는 옷장을 비울 생각을 했다.
십 년 가까이 시골에서 지내다 보니 재유의 옷은 대체로 낡거나 물감이 묻었거나 흙물이 들었거나 어딘가 늘어났거나 양갱이 칭찬을 했다거나 양갱이 탐을 냈다거나 양갱이 물어봤다거나 양갱이 궁금해 했다거나 양갱이 좋아했다거나 했다.

재유에게 새로운 옷이 생겨야 할 이유는 없었지만,

지금 가지고 있는 옷들이 없어져야 할 이유는 차고 넘쳤다 .

꼴 보기 싫다 . 곱하기 485729.

완벽하다 .

항상 밝은 정오의 세계

이래저래 남길 것들만 추려 놓으니 박스 한 개가 남았다. 겨울옷이 박스 한 개로 정리된다니. 웃겼다.

결혼을 하고 재유는 자주 웃었다. 웃겼다. 모든 것이 웃겼다. 이 상황을 달리 어떻게 설명한단 말인가?

덥석 결혼이라는 것을 하는 바람에, 재유는 비좁은 서랍에 남편을 구겨 넣어놓고는 조금만 기다리면 공간이 생길 거라고 설득하는 중이었다.

공간이 정말 생길 것이라는 보장이 없다는 것이 가장 큰 문제였다. 남편을 계속 저렇게 둘 수도 없는 노릇이다. 재유의 세상에 사람이 들어온 것은 십오 년 만에 벌어진 일이다. 심지어 재유가 초대했다.

팽팽하게 당겨진 고무줄이 곧 끊어질 것 같은 기분이 들었다 . 끊어져 튕긴 고무줄에 맞으면 아주 따갑겠지 . 재유는 그것도 웃기긴 할 거라 생각했다 .

웃긴 만큼의 죄책감이 재유를 뒤쫓아 다녔다 . 어째서 좀처럼 공간이 생기지를 않는 거지 . 튕긴 고무줄에 맞아 따갑게 된다면 , 그 정도는 그래도 가벼운 벌이다 .

재유는 버릴 옷을 산더미만큼 쌓아놓고는 , 혹시 모를 미련에 겨워 버릴 옷 안에서 꽤 좋아했던 티셔츠를 다시 입어봤다 .

재유는 거울 앞에 서서 거울에 비친 재유를 가만히 바라봤다 . 옹색하고 볼품없었다 . 밥 대신 걱정을 , 물 대신 불안을 먹었던 시절에 지나치게 빠졌던 살은 아직도 차오르지 않았고 , 잔뜩 보풀이 일어나고 뒤틀린 티셔츠를 입은 모양새는 퀴퀴했다 .

재유는 퀭한 눈으로 거울을 바라보면서 씽긋 웃어봤다 . 광대를 향해 솟아오른 입꼬리 끝에는 눌러놓은 억울함이 가득했다 . 재유는 , 재유의 모습을 그대로 마주하기가 무척 난처했다 .

예상대로 해원은 좋은 남편이었고, 부부는 즐거운데 재유는 불안했다.

재유의 결혼을 두고 재유를 아는 사람들은 이제는 행복해질 거라고, 힘들었던 것 다 잊고 즐겁고, 씩씩하게 지내면 된다는 말로 재유를 축하했다. 양갱을 포함한 모두의 바람을 담아서 어떤 재유는 행복하고 어떤 재유는 즐거웠고 어떤 재유는 초라했다.

재유는 자신을 두고 동시에 드는 양극단의 느낌을 정의하거나 정리해 보려고 했다. 그러려면 조금 더 섬세하고 정교한 언어가 필요했다.

시간이 지나도 딱히 마뜩잖은 단어는 떠오르지 않았고, 남편을 위한 공간 또한 넓어지지 않았다. 남편은 그런대로 있을 만하다고 했다. 재유는 기약 없는 약속을 매일 매일 갱신했다.

***

재유의 세상은 항상 밝은 정오에 머물러 있었다.

해도 달도 없지만 어두움도 없었다 . 저 정오의 빛은 태양이 아니다 . 모든 것에는 그림자가 달려있지 않았고 , 밝디 밝은 모든 것은 눈부시게 활짝 펼쳐진 채로 빛을 반사하고 있었다 . 너무 밝아 아무것도 제대로 보이지 않았다 . 모든 것은 모든 종류의 자극인 동시에 피곤함이었다 . 매시간이 , 매분이 , 매초가 세로로 잘게 썰려있었다 . 재유는 그 자극에서 도망가고 싶었다 .

몇 달이 , 몇 년이 지나도 드리워지지 않았지만 그럼에도 어디에선가 그림자를 발견한다면 , 그게 가능하기만 하다면 그림자에 숨어 쉬고 싶었다 .

밝은 정오의 세계에 사는 재유는 제법 밝고 행복하고 천진하기까지 했다 . 재유의 남편을 제외한 모든 사람은 안심했다 . 많이 밝아져서 정말 다행이라고 .

재유는 어쩌면 이제는 실제로 자신이 밝고 천진한 사람일 지도 모른다고 생각했다 . 가능성을 찾아 밝디 밝은 정오에 우두커니 서서 사방에서 사방으로 반사되는 빛을 바라봤다 . 밝은 빛이 쏟아져 눈이 아른아른했다 . 눈을 치켜뜨고 자세히 바라볼수록 세상의 픽셀은

어긋났다 .

재유는 모두의 바람대로 행복하고 씩씩해져야 했기에 , 숨어 쉴 그림자도 없앴다 .

4장

맨투맨

자기 효용감과 공간의 관계

팝업창

처음 시작은 분명히 작은, 작은 팝업창이었다. 어쨌거나 화면에 정체모를 작은 팝업창이 하나 떴다. 바이러스에 걸린 것인지, 그저 망가진 탓인지, 사용한지 오래 되어 낡은 것인지 어떤지는 알 수가 없었다.

오래되어 낡은 컴퓨터가 바이러스에 걸려 망가진 것일지도 모른다. 누군가 여러차례 땅에 떨어뜨렸을 지도 모를 일이고.

팝업창의 상단에 X 자 표시를 클릭한다. 꺼지지 않는다. 되려 팝업창이 계속해서 솟아난다. 팝업창을 옆으로 옮겨놓기 위해 드래그를 해서 옆으로 잡아 끌어도 본다. 드래그 되는 맨위 팝업창의 경로를 따라 새로운 팝업창이 길게 길게 생겨났다 .

재유의 머릿속은 항상 그러했다 . 결코 닫히지 않는 팝업창은 끊임없이 팝업창을 만들어 냈다 . 팝업창이 화면을 뒤덮고도 뒤덮고 뒤덮어 , 모니터 밖으로 쏟아져 나올 것만 같았다 . 재유는 서둘러 손을 뻗어 화면에서 쏟아져 내리는 팝업창을 막았다 . 손가락 사이로 팝업창 하나가 떨어졌다 .

"얘 , 너 옷한번 만들어 볼 생각 없니 ?"

양갱이 재유에게 내뱉었던 모든 말중에 그나마 가장 긍정적인 문장이었다 . 재유는 곧 깨달았다 . 양갱은 재유가 새로운 기술을 익혀야 할 정도로 재유의 작업이 형편없다는 조롱을 하며 즐기고 있었다는 것을 .

시도

옷 . 옷을 . 만든다 . 음 . 생각 . 재유는 생각했다 . 죄다 버려서 , 옷장이 지나치게 단출하다고 느끼던 참이었다 .

옷을 . 만든다 . 옷 . 옷을 만든다 . 끊임없이 솟아나던 팝업창이 잠시 멈췄다 . 아참 , 옷을 만들려면 일단은 재봉틀이 있어야지 , 너무 당연한걸 .

재유는 바로 그날 저녁에 재봉틀을 주문했다 . 단순히 디자인이 마음에 들고 후기가 좋았기 때문에 고른 제품이었다 . 재유는 재봉틀에 실을 끼워야 재봉틀이 돌아가는지도 모르는 사람이었다 .

오랜만에 마음이 설렜다 . 옷을 만들 생각하다 보니 해가 뜨고 있었다 . 아침이 , 내일이 기다려졌다 .

재유는 문득 기억났다. 궁금한 것도, 배우고 싶은 것도 많아 일주일이 7일 밖에 되지 않아 아쉬웠던 양갱의 정원에 들어서기 전의 자신이.

기다렸던 내일과 재봉틀이 도착했다. 이토록 영롱할 수가. 나는 앞으로 너와 평생 함께 간다. 미안하지만 남편한테는 느껴본 적이 없는 감정이 들었다. 재유는 유튜브를 보며 실 끼우는 법을 따라 차근차근 실을 끼웠다. 고작 실을 끼웠을 뿐인데, 식은땀이 났다.

혹시 굉장히 그릇된 선택을 한 건 아닐까, 두려움이 엄습했다. 그렇지만 이미 할 수 없다. 해야 한다. 오랜만에 마주친 의욕과 이런 식으로 슬그머니 스치기만 하고 돌아설 수는 없었다. 뭔가를 해볼 요량으로 설렜던 마음에게 빚지고 싶지 않았다. 재유는 이런 마음을 언제 다시 마주할 수 있을지, 알 수가 없었다.

재유는 남아있는 티셔츠 세장 중에 하나를 집어 들었다. 가위로 잘라서 대강 네모 모양으로 만들어서 쌓아놓았다. 다들 이렇게 연습하던데.

네모나게 자른 티셔츠를 재봉틀 바늘 밑에 두었다. 재봉틀의 페달을 밟았다.

삐빅!

경고음이 나며 작동하지 않았다. 애먼 재봉틀을 탕탕 쳤다. 이 망할 놈의 재봉틀이, 미국 거라 그런지 말이 잘 안 통한다. 분명히 두 시간 전에는 평생을 맹세했는데. 역시 빠르게 온 것은 빠르게 간다. 찾아보니 노루발을 내리지 않아서 그렇다고 했다.

아하. 노루발이라. 재유는 고라니 발이랑은 많이 다르게 생겼을까 하고 노루발을 내렸다. 페달을 밟았다.

다다다다다다다다다다다다다닥!

천이 빠르게 밀려 나가면서 그 위에 구불구불하게 실이 꿰매어져 있었다. 얼마나 빨랐냐면, 아까 열받아서 맥주 한 캔 들이켰으면 재유의 손가락 뚫릴뻔했다. 재유는 이 속도를 조절하는 법을 익혀야겠다고 생각했다.

삶을 유지하고 있는 것에 딱히 흥미를 못 느끼고 있다고 생각했는데 , 손가락 걱정이 되는 것을 보니 아직은 남은 삶에 기대를 해보는 것도 괜찮지 싶었다 .

그런데 , 좀 전에 그 다다다다다다 .
그거 많이 짜릿했다 .

재유가 외형만 보고 고른 이 재봉틀은 힘이 무척 세고 속도가 빠르며 튼튼했다 . 재유는 그래도 이건 조금 지나치다고 생각했다 . 조금 더 찾아봤다 . 힘이 좋아서 빠르게 치고 나가기 때문에 청바지 만들기도 가능하다는 박력 넘치는 이 재봉틀은 준 공업용이며, 어느 정도 숙련된 사람이 다루는 것이 좋다고 했다 . 왜 이런 정보는 사기 전에는 안 보이는 건지 모르겠다 .

바느질의 속도는 페달을 발로 밟는 힘으로 조절하는 거라고 했다 . 아주 살짝 밟으니 , 재봉틀이 꿈쩍도 하지 않았다 . 조금 더 힘을 주니 꾹 눌러져서 또다시 우다다다다다다다닥 하고 박아졌다 . 일자도 아닌 엉성한 선이 죽 그어져 박힌 것뿐이었지만, 했다 . 재봉틀로 땀을 만들었다 . 재봉이 됐다 . 너무 빨라 눈으로 좇아 따라갈 수 없는 바늘을 뚫어져라 쳐다보는 동시에, 손가락은 뚫리지 않게 천을 밀어내는 데에 온 신경을 쏟았다. 약간의 성취감과 함께. 세상이 잠시 조용해졌다.

재유는 며칠 동안 아무것도 만들지 못하고 그저, 페달을 밟으면서 드르르르르르르륵! 소리만 내었다. 재유는 속도를 조절할 수 있게 되었다. 발끝에 페달을 밟는 감이 생겨서가 아니고, 유튜브를 보고 페달을 드라이버로 뜯고 페달 안의 나사를 돌려 페달을 조금 둔하게 만든 결과다.

드르르르르르르륵! 하며 실 달린 바늘이 원단을 뚫는 모습을 바라보는 게 기분이 좋았다. 시원하고 약간 무서웠다. 아무것도 만들어내지는 못하지만 어쨌든 윗실과 밑실이 맞물려서 연속적인 땀을 만들어 냈다.

나사를 돌려 느슨해진 페달과 힘이 남아도는 재봉틀과 일자로 박는 것도 할 줄 모르는 재유. 셋은 함께 있었고, 이 조합으로는 옷을 만들 수 없다는 것만은 분명했다.

재유는 침대에 드러누워 인터넷으로 이것저것 찾아보았다 . 이렇게 지금 필요한 정보와 나중에 필요할지도 모르는 정보가 마구 뒤섞여서 들어왔다 .

마침내 재유는 고민해 봤자 별 다른 수가 없다는 것을 깨달았다 . 힘은 조금 약하지만 비교적 얌전하고 속도 조절 기능이 있으며 , 자잘한 기능이 여러 가지 있는 가정용 재봉틀도 하나 더 필요하다는 것을 .

재유는 한때 별명이 은둔형 정보 과식녀였던 장점을 살려 예산을 넘지 않는 선에서 가정용 재봉틀을 다시 찾아봤다. 재유의 통장잔고의 미래를 알려주는 암시적인 상황이었는데 , 언제나 복선은 뒤늦게 알아채야 묘미가 있는 것이다 .

대부분 재봉틀 하시는 분들은 공업용 하나 , 가정용 하나 이렇게 재봉틀을 두 대 놓고 사용한다고 했으니까 이 정도는 괜찮다고 생각하면서 마음을 달랬다 . 재유의 마음 한구석이 쓰라렸다 . 여태까지 만든 것은 0 개인데 , 재봉틀은 두 개가 됐다 .

나르시시스트

하늘은 회색이고, 공기는 텁텁했다. 바람이 불지만, 공기는 무겁게 같은 자리를 부유했다. 탁한 겨울이다.

재유는 두 대의 재봉틀로 아무 원단이나 아무렇게나 박아서 구석에 던져놓기를 반복했다. 몇 달에 걸친 이상한 짓을 재유 스스로는 도저히 멈출 수가 없었다.
아무렇게나 구석에 처박힌 원단 조각들은 함박 스테이크집 앞에 아무렇게나 주차 되어있던 양갱의 자동차 같았다.

재유는 의미 없이 재봉틀을 돌려대며 내내 양갱의 말을 되짚었다. 재유는 양갱이 양갱 자신이 이상하다는 것을 모르게 하고 싶었다 .

양갱이 스스로 옳다고 생각해서 계속해서 망상을 하고 , 남을 헐뜯고 말을 옮기며 , 아무도 방문하지 않는 정원을 꾸미기 위해 구덩이를 파면서 끊임없이 망상으로 왜곡된 과거를 되새김질 하기를 바랐다 . 지금의 재유처럼 .

재유는 양갱이 혼자 남아 계속해서 말라 죽는 상상을 하면서 의미 없이 재봉틀을 돌렸다 . 재유는 웃었다 . 웃음소리가 새어 나갈 것 같아서 숨죽여 웃었다 . 만들어낼 줄 아는 것은 아무것도 없으면서 , 웃음소리를 감추기 위해 더 세게 재봉틀을 돌렸다 .

재유는 양갱과 보냈던 시간을 찬찬히 되짚고 되짚고 되짚었다 . 머릿속을 엉금엉금 기어다니면서 양갱의 조각을 꼼꼼하게 주워먹었다 .

재유가 의미 없이 원단을 박아대는 동안 , 양갱은 혼자 마당의 구덩이를 파면서 누군가의 욕을 했다 .

재유는 원단을 박았고 , 양갱은 재유에게 욕을 했다 .

재유가 원단을 박아대는 시간 동안 , 양갱은 만남과 대화 , 의심 , 망상 , 분노 , 공격 , 험담 , 배척 , 고립 , 저주 , 망상 , 분노를 순서대로 반복했다 . 재유는 이 패턴을 양갱이 늘어놓았던 예전 지인들 이야기에 대입해 보았다 . 양갱의 숨겨진 지인이 엄청나게 많은 게 아니라면 , 패턴이 일정했다 . 재유는 활짝 웃었다 .

지금의 재유가 이런 재유인 이유는 양갱과 얽힌 것 . 그것 하나뿐이었다 . 재유의 길고 긴 생각과 생각과 생각과 생각의 결과물은 남편과 재봉틀 두 개 , 마구잡이로 재봉 된 원단 조각들이었다 .

맥이 풀렸다 .

양갱이 재유에게 했던 모든 것은 목적이 없었기에 재유는 , 재유 자신에게서 이유를 찾을 수가 없었다 . 양갱은 그저 모두에게 하던 그대로 재유를 대했다 . 양갱은 그저 , 그런 사람이었기 때문에 . 그렇게 밖에는 사람을 대할 줄 모르기에 .

전화통화

영숙의 남편은 급하게 전화를 걸어 재유에게 이야기했다 .

"뭔지는 모르겠지만 똥 밟았다고 치고 , 훌훌 털어 재유씨 . 세상에 미친 사람 많아 . 그리고 재유씨 , 내가 살아보니 가늘고 긴 똥싸는 삶 , 그거 괜찮더라 . 응 ?"

그런데 있잖아 , 그걸 내가 맨발로 오래 밟아서 , 냄새가 많이 배었는데... .... 그래도 괜찮을까 ?

유럽 할머니

문화센터는 약간 신기한 방식으로 운영되었다 . 재유가 옷을 만들고 싶다고 했더니 양재 수업은 홈패션 수업을 수강하고 나서야 들을 수 있다고 했다 .

재유는 홈패션이 무슨 말인지 바로 이해가 되지는 않았지만 알겠다고 했다 . 나중에야 막연하게 집이 입는 옷 같은 개념이라는 생각이 들었다 .

***

처음이라는 것은 항상 설명하기 힘든 방식으로 재유를 홀렸다 .

재유의 안구와 귀가 뇌까지 연결되는 것을 포기한

걸까 싶을 정도로, 봤는데 보이지 않고 들었는데 정보가 없다. 그런 와중에 몇 개 제대로 들은 것은 잘못 이해하기까지 해서 끝까지 고치기가 무척 힘들었다.

처음이라는 것은 항상 그렇게 뒤섞인 모양으로 다가와 재유를 혼돈으로 빠뜨렸다. 언제나 그랬기에, 재유는 긴장을 유지하기도 하면서 풀기도 해야 했다.

***

재유는 첫 수업에서는 재봉틀에 실 끼우기, 직선박기, 곡선박기 같은 것을 배웠다. 그리고 작은 티코스터 두 개를 만들었다. 선생님은 다소 정신이 없어 보였다.

재유는 직선박기 연습을 위해 재봉틀 위에 원단 조각을 올리고, 노루발을 내려 원단의 위치를 고정한 후 재봉선에 맞추어 바늘을 내려 원단을 뚫었다.

손을 가볍게 원단 위에 올려놓고 지긋이 페달을 밟는다. 정식으로 배우려고 앉아 직선박기를 하려니 마음이 경건해지는 느낌이 들었다.

재유는 자로 잰듯하게 바르고 반듯한 직선을 박고 싶었다. 혹시 이 순간에 화산이라도 폭발해서 폼페이 유적처럼 남게 된다면, 이왕이면 바른 선을 만들고 있는 상태로 남아 발견되는 것이 좋겠다고 생각했다.

예상보다 재유가 너무 느리게 박고 있어 답답했는지, 선생님이 와서 말했다.

"바늘을 보고 박는게 아니라, 시접 선 끝을 노루발 끝 선에 맞춘 후 끝 선을 보면서 박아야 돼요. 바늘만 보고 박으면 땀 하나하나를 보면서 박게 되기 때문에 전체적으로 바르게 가고 있는지 판단하기가 어려워져요."

바늘을 보면서 박는 게 아니라니. 기준을 바르게 놓고 기준을 따라가면 한 땀한 땀은 저절로 만들어진다니. 재유는 재봉틀이 더 좋아졌다.

항상 작은 것에 집착하지 말자고 생각하면서 정신 차리고 보면 여지없이 작은 것에 질척거리는 것이 일상이었기 때문에, 재유 주변의 작은 것들은 많은 힘을 가지고 있었다. 작은 것들의 힘이 하나둘 모여서 감당하기 어려워지면 서랍에 넣어 둘둘 감아서 서랍장을 유기했다. 재유는 서랍에 아무거나 넣지 말아야겠다고 다짐했다.

한참을 선에 맞추어 박다 보니 운전을 하는 느낌이 들었다. 페달을 세게 밟을 수록 속도가 빨라지고 진동음이 커진다. 손으로는 방향을 조절한다. 선을 맞추어 상황을 봐가면서 페달을 밟고, 방향을 바꾼다. 드르르르륵, 탕탕탕 하는 소리도 페달과 함께 박자를 맞추고 나자 점차 잦아들었다.

재유를 둘러싼 모든 소리를 재봉틀이 잡아먹고, 박자는 재봉틀 소리를 삼켰다. 조용하고 고요하다. 편안하고 상쾌했다. 재유는 텅 빈 도로를 혼자 운전하는 느낌이 들었다. 이제, 재유는 집안에서도 드라이브를 할 수 있게 되었다.

***

재유는 집으로 돌아가기 위해 차에 시동을 걸고 하루

종일 만든 티코스터 두 개를 보조석에 휙 하니 던져놨다. 피곤했다. 눈이 침침했다.

눈을 살짝 비비며 보조석 위에 아무렇게나 널브러진 티코스터를 봤다. 오늘의 하루 종일에게 겸연쩍은 마음이 들었다. 하나씩 집어 탁탁 털고 가지런히 겹쳐서 가방 안에 넣었다.

서서히 악셀러레이터를 밟아 지하 주차장을 나오니 토독, 하고 빗방울이 재유의 차 위로 떨어졌다. 겨울비라니 제법 낭만적이다. 습기 덕에 뿌예진 차 유리와 그 위로 떨어지는 빗방울, 번지는 시내의 빛이 재유의 침침했던 눈에 쏟아졌다.

재유는 천천히 시내를 돌았다. 발레 학원이 눈에 띄었다. 십 년 전쯤에 두통이 심해 찾아간 병원에서 의사가 계속 이렇게 살면 머지않아 휠체어 엔딩이라며 상냥하게 이야기했다. 조만간 길게 만나자며 싱긋 웃는 의사의 얼굴이 얄미워서 시작했던 운동이 발레였다.

발레 배울 때, 그때 꽤 재미있었는데. 옷장 구석에

계속해서 자리를 차지하고 있는 발레복과 천슈즈 생각이 났다. 들어가서 기초반을 등록했다. 이제 재유는 하루에 스케줄이 두 개나 생겼다.

오전에 발레를 갔다가 오후에는 재봉틀을 돌린다. 내킨다면, 저녁에는 그림을 그린다. 실제로 만나본 적은 없지만, 막연하게 유럽 어딘가에 살고 있을 호호 할머니랑 스케줄이 비슷할 것 같아 마음에 들었다. 재유는 남편에게 전화를 걸었다.

"저녁에 먹을 것 좀 사서 갈까? 비도 오는데."

재유는 오늘 만든 티코스터를 남편에게 자랑하기로 마음먹었다.

집에서 치는 골프

문화센터에서 이것저것 잡다한 것을 만들며 재유는 점차 만들 수 있는 것이 많아지기 시작했다 . 차근차근 하다보면 집에서도 만들 수 있을 것 같아 재봉에 필요한 도구와 부자재를 사기로 마음 먹었다 .

재유에게 동대문까지 갈 체력과 에너지는 없었고 , 어차피 봐도 잘 모른다 . 불친절하다는 후기가 많은 동대문 상인들에게 모르는 티를 내면서 이것저것 물어볼 만큼 , 재유의 성격이 서글서글 하지도 못하다 .

재유는 분명히 쭈글쭈글 쭈뼛쭈뼛 대다가 구석에서 서서 핸드폰으로 찾아보고 있을 것이다 . 그러다가 패션업계 관련자 분들이 잠시만요 지나갈게요 하는 소리에 더 작아져서는 주섬주섬 자리를 옮기다가, 더욱더 구석에서 쪼그라들다가 지쳐버리겠지. 그러고는 허기가 져서 근처 시장 포장마차에서 오토바이가 뿜는 매연 냄새를 맡으면서 떡볶이를 먹고 청계천 줄기를 따라서 조금 걷다가 앗 비둘기! 하고 집에 돌아올 게 뻔했다.

재유는 뻔한 상상을 하며 사실은 상상이 아니라고 생각했다. 이것은 그저 예전에 있었던 일을 다시 기억해 낸 것 뿐이었다.

다행히 재봉 용품 파는 온라인 쇼핑몰은 꽤 많았다. 신기한 제품이 무척 많아서 재유는 왠지 그것들을 가지면, 옷 정도는 금세 만들어 낼 수 있을 것 같은 기분이 들었다. 그만큼 신기한 제품이 많았다. 가격이 저렴한 것부터 이게 뭔데 이렇게 비싸 싶은 것까지. 그중에 가장 비싼 것은 기대와 설렘이겠지.

재유는 재봉을 편하게 해줄 것 같아보이는 도구 몇 개와 부자재, 원단을 장바구니에 담았다. 담다 보니 20 만원이 훌쩍 넘어갔다. 한개 한개는 5 천 원, 6 천

원 하는데 이상한 일이었다 . 재유는 심사숙고해서 몇 개는 장바구니에서 덜어내고 나머지만 주문했다 . 이럴 때 주제 파악을 민첩하게 하지 않으면 통장에 큰 실례를 하게 된다 . 배송은 아주 빨랐다 . 주문 취소를 막기 위한 처절한 노력인 걸까 , 재유는 고개를 갸웃했지만 금세 잊어버렸다 .

이런 식으로 재유가 문화센터에서 만들어온 물건이 두세 개 생기면 , 대여섯 가지의 부자재가 집으로 배송이 됐다 . 재봉 커뮤니티에서는 재봉은 집에서 치는 골프라며 자조했다 . 뭐든 초반에는 그렇지만 재봉이 유난히 장비빨이 심하다고 했고 , 다들 그래서 어쩔 수 없이 또 지갑이 얇아졌다며 탄식했다 .

가만히 생각해 보니 재유가 두 번째 재봉틀을 살 때도 비슷한 맥락이었던 것 같다 . 재봉 용품 사이트에서는 더 잘하고 싶고 , 잘하게 될 것 같은 욕망과 희망을 팔았다 .

***

홈패션 프로그램의 마지막 작품은 앞치마였다 .

문화센터에 오가며 얼굴을 익힌 인심 좋은 아주머니들은 그림 그리는 아가씨가 앞치마를 만들면 얼마나 요긴하게 쓰겠냐며 잘 만들어보라고 응원했다. 앞치마는 옷으로 넘어가기 위한 중간 단계 같은 거라, 여태 했던 쿠션 커버 만들기 같은 홈패션과는 만드는 방식이 조금 다르다고 했다.

아하, 열심히 배워야겠네요. 하고는 재유는 사실 아가씨가 아니라고 조심스럽게 말씀드렸다. 저는 남편이 있어요. 별게 다있죠. 그런데도 가지고 싶은 게 자꾸 생기니 큰일이에요. 오버록 재봉틀 같은 거 말이에요. 남편은 지금으로도 충분하고요.

적당량

양갱의 정원에서 나오고 난 다음부터, 재유는 누구와도 아무런 대화를 할 수가 없었다. 재유로부터 나온 말이 세상을 떠돌다가 어떤 미치광이에게 걸려서 어떻게 편집될지, 모를 일이다.

양갱은 재유가 하는 말의 파편을 모아서 재유를 창녀로 만들었다. N 도 그랬고, N 의 친구도 그랬고, K 도 그랬다. 확증편향이 만들어 내는 왜곡의 역사를 살피는 일은 흥미롭지만, 그것이 나의 이야기가 된다면? 따라서 재유는 별 내용 없이 껍데기만 훑어 말처럼 들리는 소리를 내었다.

그것을 말이라고 생각하기로 했다. 말의 의의를 그렇게 정하고 나니, 재유에게 대화라는 단어는 먼 세계로 던져져 좀처럼 잡을 수 없는 것이 되었다. 재유는 진심이라는 것의 범위가 어디서부터 어디까지인지, 다시 정해야 대화라는 것을 할 수 있을 것 같았다.

[취향이나 기호에 맞게 적당량을 넣고 즐기십시오.]

이렇게 무책임한 설명이 또 있을까. 재유는 과일청이 담긴 병의 라벨에 적힌 설명을 보며 생각했다.

마음이 과일청 같은 거면 좋겠다고. 다 쓰고 또 사면 되는 그런 간단한 일이었으면 하고.

진심이라는 것을 어느 통에 담아, 얼만큼을 접시에 담아서 내어놓아야 하는 것인지 정하는 것은 시간이 퍽이나 많이 흐른 후에나 가능했다. 재유는 마음을 계량해야 한다는 것부터 버거웠다. 그래서 재유는 밀봉해 놓기로 했다. 마음은 오래도록 밀봉되어서 나름의 시간을 보냈다.

빠져나가지 못해 엉키고 엉키고 엉겨 붙은 온갖

대화들은 재유가 술에 취하거나 , 기분이 너무 좋을 때 이상한 방식의 이상한 말로 세상 밖으로 삐죽 삐져나왔고 , 재유는 매번 죄송하고 미안한 사과를 다시 해야 했다 .

***

재유는 말을 누르고 누르고 누르면서 재봉틀로 뭔가를 박았다 .

문화센터에서 홈패션 프로그램으로 앞치마를 만드는 동안 집에서는 커튼을 만들었다 . 크기가 커서 약간은 지루하지만 어렵지는 않았다 . 일자로 반듯하게 박기만 하면 되니까 .

드르르르르르륵 ! 하고 페달을 밟는데 , 예전에 친했다가 사이가 틀어진 친구 생각이 났다 .

“야 , 너 그거 진짜야 ? 누가 그러던데…”

드르르르륵 , 하고 재유는 그 친구를 커튼에 박았다 .

예전에 사귀었던 전 남자 친구 생각도 났다 .

“야 , 너는 무슨 여자가 그게 뭐하는 ...”

드르르르르륵 , 하고 걔도 커튼에 박았다 .

“야 ..!” 드르르르르 ...

박고 또 박았다 . 그리고 중얼거렸다 . 너네 진짜 나한테 왜 그랬냐 .

양갱은 백번도 넘게 커튼에 박았다 . 할머니도 박고 , 할아버지도 박았다 .

어떤 날은 엄마도 , 어떤 날은 아빠도 , 어떤 날에는 햇빛도 바람도 .

재유는 기억 속을 헤매며 죄다 드르르르르륵 하고 커튼에 주렁주렁 매달아 박았다 . 상쾌하고 찝찝했다 .

부슬부슬한 비가 내리는 마당에서 삽으로 땅을 파고

돌을 고르면서 온갖 욕을 퍼붓다가 꽃나무를 보고 환하게 웃던 양갱의 얼굴이 재유의 얼굴 위로 스몄다.

땅을 파고 또 파서 마침내 꽃나무를 옮겨심은 양갱의 눈이, 이마가, 잇몸이 축축했다. 젖은 앞머리 끝에 빗방울이 맺혀 떨어졌다.

양갱은 빗속에서 삽질을 하고 욕을 퍼부으면서 축축하게 바스라져 갔다.

양갱은 양갱의 시간 속으로, 재유는 재유의 시간 속으로.

***

지나간 기억들이 조각의 모습을 하고 붕 떠올랐다. 기억들 뒤로 째깍째깍하고 초침 소리가 났다.

조각들은 그 자리에서 천천히 돌아 재유에게 여러 가지 각도를 보여줬다. 재유는 떠있는 조각들 가운데에서 빠져나왔다. 저 멀리 서서 조각들 구경을 했다.

이제 또다시 선택을 해야 할 때가 된 것 같았다. 어느새 양갱의 것을 닮아버린 화를 어찌 대해야 할지.

습해서 숨도 쉬어지지 않아 귀찮은 몸을 일으켜 에어컨 리모콘을 집어 들었던 그때부터 계속해서 문을 두드려대던 화에게 어떤 얼굴을 하고 문을 열어주어야 할지.

첫인사는 무엇으로 하면 좋을지 고심했다. 이왕이면, 다정하고 따뜻한 게 좋지 않을까.

거북아, 거북아

어쨌거나 옷은 사 입는 게 가장 빠르고 편하고 싸다.

목표로 했던 맨투맨과 고무줄 바지 세트를 처음으로 완성하고 재유가 맨 처음 한 생각이었다. 문화센터를 다닌 지 8개월 만의 일이다. 직접 만든 맨투맨과 고무줄 바지를 입고 재유는 남편 앞에서 뱅그르르 돌았다. 남편이 박수를 쳐주었다.

"나는 이제 옷을 만들 줄 아는 사람이 됐어. 그러니까 조금 더 호들갑을 떨어봐. 엄청 큰일난 것처럼 막 채신머리 없게 그런 거 있잖아."

재유의 남편은 턱에 손가락을 받치고 음 - 소리를 내며 미간에 주름을 잡고 재유 주변을 천천히 맴돌았다 . 두어 걸음 멀찍이 떨어졌다가 , 가까이 와서 옷감을 매만져도 봤다 . 그러고서는 과장되게 손뼉을 치면서 마치 유명 브랜드아울렛에서 사 온 것 같다고 했다 .

가만히 그 모양을 보고 있자니 갑자기 웃음이 터졌다 . 둘은 크게 웃었다 . 재유는 눈가에 눈물이 조금 맺혔다 . 조금보다는 많았던 것 같다 . 재유의 눈가를 닦아주던 남편이 물었다 .

"이제 내 티셔츠도 만들어 줄 거야 ?"
"당연하지 , 난 이제 옷을 만들 줄 아는 사람이니까 !"

재유는 마주 보고 누운 남편의 속눈썹을 엄지 손가락 끝으로 살짝 훑었다 .

***

계속해서 문을 두드리는 화에게 재유는 최대한 상냥하고 부드럽게 문을 열어주었다. 화는 여태껏 문이 부수어져라 두드려 댄 것치고는 꽤 조심한 모양새를 하고 안으로 들어왔다. 재유는 어떤 말이 좋을지 몰라 일단 평소에 손님을 맞이하는 것과 비슷한 방식으로 행동했다.

오렌지와 살구 향이 첨가된 따뜻한 루이보스 차를 끓이고, 달고 고소한 버터 쿠키를 함께 내어놓았다. 화는 점잖게 앉아서 차를 홀짝였다. 오랫동안 무거운 침묵이 흘렀고, 마침내 화가 어렵게 입술을 떼었다.

"아니, 그렇게 문전박대하는 경우가 어디에 있어."

"그게, 내가 경황이 없어, 좀 급하게 왔잖아, 네가."

화는 피식하고 주황빛 따뜻한 차를 한 모금 마셨다.

"꼭 그렇지만도 않긴 하지만....... 나 진짜로 너 오랫동안 찾아다니고, 찾은 다음에도 정말 오래 기다렸어."

"미안. 그래서 맛있는 거 내놓았잖아. 이 차랑 쿠키, 되게 구하기 힘든 거야. 진짜로."

재유는 시작한 지 얼마 되지 않아 투닥거리는 연애를 하는 것 같은 기분이 들었다. 아무리 생각해도 재유가 화에게 잘못한 것은 삼 년 정도 문밖에 세워 놓은 것뿐이었다. 재유는 이어서 이야기했다.

"계속 문밖에다 세워두기도 뭐하고 해서 일단 들어오라고 하긴 했는데 사실, 지금 안에 공간이 별로 없어."

화는 별일 아니라는 듯이 심드렁하게 말했다.

"공간? 그거 만들면 돼. 그까짓 게 뭐라고. 나는 발 뻗고 누울 정도만 있으면 돼."

그 정도 공간이 필요한 사람이 한 명 더 있긴 하지만 이 상황에서는 어쩔 수가 없다. 재유는 포근한 이불과 베개를 꺼내어 화에게 건네었고, 화는 이불을 받아 들고 손바닥으로 가볍게 팡팡 쳤다.

"나는 이제 좀 쉬게."

화는 가볍게 발걸음을 옮겨 어디론가 가버렸다 . 화가 걸어간 거리만큼의 공간이 생겼다 .

재유는 공간을 어떤 것들로 채우는 것이 좋을지 상상했다 . 재미있었다 .

***

재단 과정은 꽤 지겹고 귀찮고 지루하다 . 당장 눈앞에 잡히는 것도 없다 . 어떤 옷이 만들어질 것이라는 장담도 아직은 할 수가 없다 . 재단은 패턴을 원단 위에 올려 놓고 , 원단 위에 패턴을 따라 그리는 것부터 시작한다 . 패턴일 때부터 , 옷은 만드는 순서가 정해져 있다 .

언젠가부터 재유는 재봉틀을 돌릴 때보다 재단을 하는 시간이 조금 더 좋아졌다 . 재단을 하는 동안은 주변이 고요해졌다 .

옷을 만드는 일은 순서가 정해져 있기 때문에 단계를 제대로 거치지 않으면 그다음 단계에서는 약간의 식은땀을 , 그다음 단계에서는 막막함을 얻을 수 있다 .

재단을 할때마다 재유는 이제는 마음이 괜찮아졌으면 좋겠다고 생각했다 . 기억은 조금씩 사라지기도 하던데 마음은 또 그렇지가 않았다 .

옷의 기능을 상실한 헝겊 뭉치를 보면서 심란해하다가 점차 포기하는 쪽으로 가닥을 잡겠지 . 망가지는 것은 이렇게 쉽다 . 재유는 마무리한 척 했다가 , 급급하게 메꾸고는 결국 놓아버린 것들을 떠올렸다 .

재유는 만들고 싶은 만큼의 온전함을 재단했다 . 그런 건 중요하지 않다고 자신을 속이고 대강 넘긴 지점은 어디였을까 .

양갱이 폭언을 쏟아내고 개운한 얼굴로 어시던트 급여 봉투를 내밀 때였을까 .
몇 안 되는 지인들의 치부를 재유에게 폭로하며 혼자 노발대발 하던 모습에 끄덕끄덕 했던 순간일까 .

재유는 천천히 , 차근차근 , 꼼꼼하고 바르게 . 그렇게 원단을 재단했다 . 나한테도 이렇게 해줘야지 하면서 사각사각 시접 선을 따라 원단을 잘라주었다. 가위를 타고 원단이 잘리는 진동이 재유의 손에 전해졌다. 서걱서걱 스윽. 반듯하고 올바르게 원단을 자르고, 안쪽 면에 가볍게 표시를 해주면 재단은 다 한 것이다.

재단 이후에는 옷이 패턴일 때부터 정해져 있던 순서대로 재봉을 한다. 재유는 재봉틀을 팡팡 돌려서 정해진 순서대로 박았다. 재유는 이래서 재단이 중요하다고 생각했다.

재단은 재봉을 완료한 뒤에야 중요한 티를 냈다. 재미없고 지루한 일들은 항상 그런 식이다. 실밥을 정리하는 재유의 손에는 남편에게 줄 맨투맨이 하나 들려 있었다.

5장

숙제

견딤의 품앗이

나프탈렌

"나 부탁이 하나 있어."

해원의 말에 재유는 양쪽 뺨 아래에 작은 소름이 돋았다. 회색 하늘은 분홍색 공기를 튀겨대고 있었고, 눈은 차분하게 쌓이고 있었다.

재유와 해원은 동네의 작은 개천 앞에 자리 잡은 비건 카페에 앉아서 창밖을 구경하던 참이었다. 비건 쿠키와 빵을 파는 가게였지만 재유의 머릿속에는 라떼 먹으러 가는 곳이라고 저장되어 있었다. 눈 내리는 창밖 너머, 작고 짧은 다리 옆에는 파란색 팻말에 흰색 글씨로 지방하천이라고 크게 써있었다.

재유는 그 앞에 대어놓은 차를 보며 와이퍼를 들어서 세워놓을까 고민하던 참이었다. 그때였다.

해원이, 부탁이 있다고 했다. 재유의 경험상 이런 식의 부탁은 대체로 거절 할 수 없는 경우가 많았고, 들어주기가 매우 까다롭다는 조건이 붙어있었다.

엣흠, 하고 가볍게 목청을 가다듬고 해원이 이야기 했다.

"나는 네가 즐겁고 편안한 마음으로 건강하게 살았으면 좋겠어."

다른 것은 중요하지 않단다. 재유는 당황스러웠다. 차라리 돈을 많이 벌어오라고 했으면 단박에 거절이라도 해볼 수 있었을 텐데. 재유의 지난날에 그런 단어들은 스쳤던 기억도 없었다. 재유는 애초에 즐거움이라는 것이 무엇인지 파악하기도 힘들었다. 원래 그런 건 세상에 없는 거라서, 사람들이 모두 찾아내려고 애쓰는 거잖아? 재유는 단어들에 매몰되어 위경련이 났다.

부스코판을 먹고 드러누워 물주머니로 명치 끝을

온찜질 하는 재유의 모습을 보고 해원은 웃으며 물었다 .

"청첩장은 어떤 걸로 할까 ?"

그러고 보니 결혼식이 한달 남았다 .

***

항상 다정하고 멀리 있는 사람 . L 에게 재유는 그런 사람이었다 . 갑자기 연락을 해서 궁금하다는 핑계로 약간은 무례한 질문을 해도 흔쾌히 응해주는 사람 .

L 은 재유가 그리 머지않은 시간에 세상에서 사라져 버릴 것 같다고 생각했다 . 재유가 만약 세상에서 사라진다면 나프탈렌처럼 조금씩 조금씩 세상에 흩어져서 , 점점 연해지면서 사라지는 방식이 제일 재유답다 .

지켜보고 있기엔 아슬아슬하고 , 손에 쥐고 있을 수는 없는 그런 . L 은 언젠가 재유가 기화되는 것을 멈춘다면 이유는 무엇이 될지 궁금했다 . 재유는 좀처럼 먼저 연락하는 법이 없었다 . L 은 재유가 세상에 바라는 것이 너무 소박한 탓이라고 생각했다 .

***

"아무리 애를 써도 공간이 생기질 않아."

신혼여행에서 돌아온 재유가 옷장 속의 옷을 탈탈 털면서 토로했다. 해원은 그게 옷장 안의 공간에 대한 이야기가 아니라는 것을 알았다. 재유를 붙들고 대화를 시도하는 것 자체가 무의미했다. 해원은 재유와 마주 앉아 옷을 골라내었다.

"이거 잘 어울렸는데, 버릴 거야?"

"응. 기분 나빠."

양갱이 칭찬했던 옷인가 보다. 해원은 화제를 돌려 가끔 마당에서 밥을 먹고 가는 길고양이 이야기를 했다.

"그 고양이가 새끼를 네마리나 낳았더라고. 쪼르르 와서 다같이 밥먹더라."

"진짜? 이제 새끼 고양이도 와서 밥먹어? 밥먹는 동안 춥지는 않을까?"

"그러니까, 걱정이야. 밖이 꽤 추운데."

"그럼 여기서 옷감 좋은 거, 따뜻한 거 골라서 고양이 집 만들어서 마당에 두자. 바람 안드는 곳에. 길에서 살면 평생 추울 일이 많을 텐데, 걱정이네."

해원은 가벼운 숨을 쉬었다. 재유와는 알고 지낸 지가 8년이 넘었고, 이렇게 오랜 시간을 보낸 것은 처음이었다.

해원은 재유의 미안하다는 말을 듣는 것도 이제는 조금 민망해졌다. 해원은 재유가 공간 때문에 미안해하지 않았으면 했다. 재유는 술에 취해 마구 삐죽삐죽 삐져나오는 말들을 토해내고, 다음 날에는 폐허에 버려진 사람 같은 표정으로 눈을 떴다. 해원은 매일 관찰하는 기분으로 재유를 구경했다.

해원은 재유가 잠들지 않고도 하루 종일 침대에 누워 있을 수 있는 사람이라는 것을 알았다. 해원은 재유가 시간 순서 없이 대뜸 내뱉는 말들을 머릿속에서 조립해야 했다. 재유는 3년 전에 있었던 일을 이야기 했다가 15년 전의 이야기를 하기도 했다.

모든 것이 뒤죽박죽이었고 가끔은 몇 년 전 언젠가

들었던 이야기도 섞여 있었다.

해원은 재유의 머릿속의 퍼즐이 맞추어지기를 기다렸다. 해원은 오늘도 재유의 두서없는 이야기와 해원이 재유와 알고 지낸 기간을 맞대었다. 그래도 이제 많이 맞추어졌다. 재유와 같이 보낼 시간이 많이 있으니까, 괜찮았다.

해원은 8년 전의, 5년 전의, 3년 전의, 1년 전의 재유를 떠올렸다. 재유와 알고지낸 모든 기간동안 잔잔해보였는데, 이렇게 속이 시끄러운 세월을 안고 있었다.

아마도 오늘의 재유도, 내일의 재유도 모두 하루하루를 모아 완성된 퍼즐을 맞추는 데에 애를 쓸 것이다. 해원은 불안을 제거한 걱정이, 재유를 보는 해원의 몫이라고 생각했다. 재유는 시간이 걸리더라도 해원의 숙제를 풀어낼 사람이니까. 나머지는 해원이 나누어 가져야 할 것임은 분명했다.

CD

해원은 쌓인 이메일을 정리하고 있었다 . 스팸메일의 제목은 점점 화려한 모양을 하고는 내용에 성의가 없어지는 것이 추세인가 보다 . 재유가 구석에서 등을 돌리고 뭔가 부스럭거리고 있었지만 , 대부분은 곧 피곤하다며 드러눕는 게 일반적이다 .

해원은 재유가 드러누우면 이불 덮어줄 담요가 어디 있었는지 잠시 기억을 더듬었다 . 시선은 여전히 모니터를 향해 있었고 , 이메일은 거의 정리가 됐다 . 해원이 자잘하게 처리할 일들은 자잘한 스트레스로 쌓이고 있었고 , 스트레스를 푸는 가장 확실한 방법은 쌓인 일을 빨리 처리하는 것이다 . 이제 해원의 스트레스는 처리가 되었다 .

재유는 옆으로 드러누웠을지, 천장을 보고 드러누웠을지 알아맞혀 보세요. 해원은 나지막히 중얼거리며 고개를 옆으로 빼꼼 내밀었다.

재유가 깨어있다는 항목은 여태 존재했던 적이 없었다. 해원이 아는한, 재유는 눈을 뜬 상태이든 아니든 간에, 돌아다니고 밥을 먹고 옷을 만드는 순간에도 계속해서 완전하게 깨어있던 적이 없었다. 완전하게 자고 있는 순간도 없었지만.

구석에서 부스럭거리던 재유가 해원에게 음악 CD 하나를 내밀었다. 해원은 우리 집에는 CD 플레이어가 없는데 했다가 이내 잘못된 반응이라는 것을 깨달았다. 온몸의 세포가 해원에게 외쳤다. Idiot.

해원은 질문을 고쳐 다시 물었다. 무슨 CD 야? Right.

재유는 유학생일 때 앨범 커버가 마음에 들어서 샀던 음반이라고 했다. 가수가 누군지, 어떤 음악이 들어있는지도 모른 채 앨범 커버 이미지만 보고, 꽤 괜찮은 음악이 들어 있을 것 같아서 샀는데 막상 들으면 실망할까 봐 여태 들어본 적이 없다고 했다. 재유다운 구매 방식이다. 재유는 이어서 이야기했다.

"이거, 이제는 들을 수 있을 것 같은데 생각보다 별로면 속상할 것 같으니까 같이 들어줘."

"같이 듣는 거는 좋은데, 어떻게 듣지?"

"글쎄."

해원은 잠시 머리가 멍해졌지만, 빨리 대안을 내어 놓아야 했다. 재유가 흩날리기 시작하는 것처럼 보였기 때문이다. 생각이 났다. 순간 해원은 스스로 대견했다.

"춘천에 가자."

재유가 씨익 웃었다.

"춘천에서 뭐 먹고 올까? 전에 칼국수 맛있었는데 그거 먹을까?"

"그럴까? 빨리 준비하고 가자. 내가 만든 거, 그거 입을까? 혹시 티 나서 좀 창피할까?"

확실히 둘이 같이 어딘가 약간 엉성하고 주글주글한, 똑같이 생긴 맨투맨을 입으면 웃겨 보이긴 하겠지만, 해원은 그런 것까지 신경 쓰면서 살면 혓바늘 생겨서 큰일난다며 팔을 크게 벌려 호들갑과 오두방정을 떨었다. 재유는 해원의 반응에 만족한 듯, 으쓱한 어깨를 하고는 옷장에서 똑같이 생긴 맨투맨을 꺼냈다.

재유는 장난스러운 웃음을 지으며 발끝으로 바닥을 동동거렸다. 요즘의 재유는 어딘가 어린아이 같아졌다. 해원은 재유가 처음부터 다시 자라는 중인 것 같다고 생각했다. 이왕이면 행복하고 건강하게 자랐으면 했다. 재유는 부산을 떨며 이야기했다.

"빨리 입어. 나는 양말 골라야 돼."

해원은 재유의 오래된 녹색 자동차에 시동을 걸었다. 자동차에 내장된 CD 플레이어에 재유가 내민 CD를 넣고 재생 버튼을 눌렀다. 오랜 기간 동안 숨죽이고 있던 기대와 실망이 세상으로 모습을 드러냈다.

***

돈이 없었다 . 재유는 은행 계좌를 사용할 수 있을 때까지 버틸 만큼의 현금만 들고 비행기를 탔다 . 계좌를 사용할 수 있는 시기는 은행 직원의 휴가 때문에 계속해서 미뤄지고 있었고 , 현금은 삼일 정도 겨우 배를 곯지 않을 정도밖에 남지 않았다 . 재유는 서툰 영어로 은행에 사정을 설명하느라 진을 다 뺐다 . 겉으로만 젠틀한 은행 매니저는 덩치가 컸으며 , 재유의 말은 모조리 튕겨냈다 . 매니저는 풍선이야 .

재유는 한국으로 돌아가지 않을 생각이었다 . 한국에서도 재유는 항상 이방인인 것 같은 느낌으로 자랐다 . 정확히는 이물질 같은 느낌이었지만 . 차라리 실제로 이방인이라면 , 느낌과 실재가 일치할 것이다 . 그러면 생을 실제로 살고 있다는 느낌이 , 조금은 들지도 모른다 .

재유는 마트에서 오늘 저녁과 내일 오전에 먹을 것만 간단히 사서 기숙사로 돌아갈 참이었다 . 변덕이 심한 날씨로 유명한 나라답게 하루종일 오락가락하던 날씨가 결국은 비로 이어졌다 . 우산을 쓰기에는 애매한 양으로 시작했던 비는 점점 굵어지고 있었다 . 광장에서 기타를 치며 자작곡을 부르던 소년도 짐을 챙겨서 자리를 떠났다 . 재유는 서둘러 마트에 들렀다 .

재유의 옷은 이미 젖었고 머리카락도 축축했다 . 조금씩 열이 오르는지 , 뒷덜미에서 수증기가 올라왔다 . 재유는 옅고 뜨끈한 , 짧은 숨을 뱉었다 . 제일 싼 것 중에서도 할인하는 것으로 사야 한다 . 이미 며칠 내내 그렇긴 했지만 , 허기만 달랠 수 있는 정도면 며칠은 더 견딜 수 있을 것 같았다 .

열은 조금씩 오르고 있었고 , 냉장 코너에서 내뿜는 냉기는 뾰족하고 시렸다 . 재유가 냉기를 피해 코너를 도니 신간코너가 나왔다 . 책 , 잡지 , 음악 CD 같은 것들이 진열되어 있었다 . 재유는 약간 어그러진 정신으로 음악 CD 를 장바구니에 담았다 . 예뻤다 . 그거면 충분했다 . 지금 장바구니에는 못생긴 것들만 가득하니까 . 곧 아플 것 같으니까 , 어차피 내일은 장보러 나오지 못할 것 같으니까 . 그리고 오늘은 걸어서

들어가면 돼 . 사십 분만 걸으면 , 도착하니까 . 이것 봐
비도 조금씩 약해지잖아 . 그러니까 괜찮아 .

***

날씨는 맑고 공기는 깨끗했다 . 가로등 불빛이
쏟아지는 도로를 달리며 재유가 내민 CD 의 음악을
틀었다 . 난해한 느낌의 보컬이 가득한 음반이었다 .
해원은 재유의 눈치를 살폈다 . 그런 눈치를 느꼈는지
재유가 크게 웃었다 .

"눈치 봤지 ! 왜 네가 눈치를 봐 하하하하하 !"
"아니 , 그냥 . 실망했는지 안 했는지 보는 거지 ."
"곡이 난해하기는 한데 , 지금 상황이랑 잘 어울려서
괜찮아 ."

자동차의 선루프와 가로등의 간격이 만들어내는
그림자가 해원을 얼굴을 가렸다가 밝히기를 반복했다 .
재유는 그림자가 들락날락하는 해원의 머리를 빤히
쳐다봤다 . 나란히 앉아 같은 도로를 바라보고 가는 길이
처음인 것만 같았다 .

재유는 손을 뻗어 해원의 머리칼을 만지작거리더니, 이내 손을 옮겨 해원의 귓볼을 조금씩 만지작거렸다. 검은 강은 가로등 불빛으로도 작게 반짝였고, 난해한 음악은 계속해서 차 안을 채웠다.

_FIN

지방하천

마치며 ,

시간의 축이 공간에 섞이면 홀로 해내는 자립과 독립은 가능하지 않다고 , 지금의 나는 너 때문이고 , 과거의 나는 걔 때문이라서 나는 아직도 내가 누군지 잘 모르겠다는 이야기를 하며 펑펑 울었던 밤이 있었습니다 .

동시에 그런 이야기를 하고 , 하릴없는 탓을 할 대상이 존재한다는 것에 안도했습니다 . 지금의 저는 누군가와 누군가와 누군가의 결과물일거라 생각합니다 .

그런 접점에 서 있는 저를 스스로 받아들일 수 있도록 이끌어 준 누군가와 누군가와 누군가도 , 저를 그렇게 기억해 주었으면 좋겠습니다 .

너를 한땀한땀

글/그림	조선아
발행인	조선아
편집	조선아
펴낸 곳	Dear Mistakes, (디어 미스테이크)
초판 1쇄 펴냄	2024년 05월 09일
홈페이지	litt.ly/dearmistakes
e-mail	seonajo227@gmail.com
ISBN	979-11-987478-2-2(12810)
출판등록	2024년 04월 08일 제 2024-000056호
디자인	조선아
일러스트	조선아